U0019270

說謊鳥

作者	繪者	譯者
蘿拉·邦廷	菲利浦·邦廷	謝靜雯
LAURA BUNTING	PHILIP BUNTING	Mia C. Hsieh

嘿ㄟ！我ㄨㄛˇ要ㄧㄠˋ跟ㄍㄣ你ㄋㄧˇ講ㄐㄧㄤˇ個ㄍㄜ˙小ㄒㄧㄠˇ祕ㄇㄧˋ密ㄇㄧˋ。
說ㄕㄨㄛ謊ㄏㄨㄤˇ很ㄏㄣˇ棒ㄅㄤˋ喔ㄛ˙！

對ㄉㄨㄟˋ啊ㄚ˙，你ㄋㄧˇ沒ㄇㄟˊ聽ㄊㄧㄥ錯ㄘㄨㄛˋ。

大ㄉㄚˋ家ㄐㄧㄚ會ㄏㄨㄟˋ跟ㄍㄣ你ㄋㄧˇ說ㄕㄨㄛ，
說ㄕㄨㄛ謊ㄏㄨㄤˇ是ㄕˋ錯ㄘㄨㄛˋ的ㄉㄜ˙，
可ㄎㄜˇ是ㄕˋ別ㄅㄧㄝˊ聽ㄊㄧㄥ他ㄊㄚ們ㄇㄣ˙的ㄉㄜ˙。

我ㄨㄛˇ在ㄗㄞˋ這ㄓㄜˋ方ㄈㄤ面ㄇㄧㄢˋ經ㄐㄧㄥ驗ㄧㄢˋ可ㄎㄜˇ多ㄉㄨㄛ了ㄌㄜ˙。
我ㄨㄛˇ是ㄕˋ琴ㄑㄧㄣˊ鳥ㄋㄧㄠˇ，
我ㄨㄛˇ們ㄇㄣ˙從ㄘㄨㄥˊ蛋ㄉㄢˋ裡ㄌㄧˇ孵ㄈㄨ出ㄔㄨ來ㄌㄞˊ的ㄉㄜ˙那ㄋㄚˋ一ㄧ天ㄊㄧㄢ，
就ㄐㄧㄡˋ開ㄎㄞ始ㄕˇ學ㄒㄩㄝˊ習ㄒㄧˊ怎ㄗㄣˇ麼ㄇㄜ˙說ㄕㄨㄛ謊ㄏㄨㄤˇ。

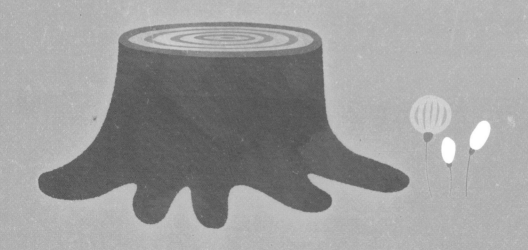

*Lyrebird琴鳥跟liarbird說謊鳥兩者英文發音相同。

一切都從扮演開始。

不管什麼聲音，我們幾乎都能
模仿得唯妙唯肖。

電鋸……

啵嗡 — 啵嗡 — 啵嗡……
樹要倒嘍！

別的鳥類……

庫 — 庫庫 — 卡 — 卡 — 卡！

相͏機ㄐㄧ……

咔ㄎㄚ — 嗒ㄉㄚ！

甚ㄕㄣ至ㄓ是ㄕ無ㄨ尾ㄨㄟ熊ㄒㄩㄥ。

嗯ㄣ哼ㄏㄥ！

很ㄏㄣ快ㄎㄨㄞ的ㄉㄜ，我ㄨㄛ們ㄇㄣ就ㄐㄧㄡ說ㄕㄨㄛ起ㄑㄧ各ㄍㄜ式ㄕ各ㄍㄜ樣ㄧㄤ的ㄉㄜ謊ㄏㄨㄤ言ㄧㄢ。

大ㄉㄚ謊ㄏㄨㄤ、小ㄒㄧㄠ謊ㄏㄨㄤ、善ㄕㄢ意ㄧ的ㄉㄜ謊ㄏㄨㄤ言ㄧㄢ、
普ㄆㄨ通ㄊㄨㄥ的ㄉㄜ謊ㄏㄨㄤ言ㄧㄢ、瀰ㄇㄧ天ㄊㄧㄢ大ㄉㄚ謊ㄏㄨㄤ。

長大之後，
我們琴鳥就成了荒野中
最會撒謊的動物……

假裝ㄐㄧㄚˇ ㄓㄨㄤ……

捏造ㄋㄧㄝ ㄗㄠˋ……

製造ㄓˋ ㄗㄠˋ
假新聞ㄐㄧㄚˇ ㄒㄧㄣ ㄨㄣˊ……

可是不要緊。
撒謊很有趣，
永遠不會讓你惹禍上身。

上星期，我用一根羽毛
就擊退了十五隻狐狸！

對ㄉㄨㄟˋ啊ㄚ，狐ㄏㄨˊ狸ㄌㄧˊ很ㄏㄣˇ狡ㄐㄧㄠˇ猾ㄏㄨㄚˊ，
可ㄎㄜˇ是ㄕˋ，等ㄉㄥˇ我ㄨㄛˇ大ㄉㄚˋ顯ㄒㄧㄢˇ神ㄕㄣˊ威ㄨㄟ以ㄧˇ後ㄏㄡˋ……

我ㄨㄛˇ把ㄅㄚˇ那ㄋㄚˋ群ㄑㄩㄣˊ尾ㄨㄟˇ巴ㄅㄚ蓬ㄆㄥˊ鬆ㄙㄨㄥ的ㄉㄜ
薑ㄐㄧㄤ色ㄙㄜˋ騙ㄆㄧㄢˋ子ㄗ變ㄅㄧㄢˋ成ㄔㄥˊ……

十ㄕˊ五ㄨˇ隻ㄓ東ㄉㄨㄥ奔ㄅㄣ西ㄒㄧ逃ㄊㄠˊ的ㄉㄜ狐ㄏㄨˊ狸ㄌㄧˊ！
然ㄖㄢˊ後ㄏㄡˋ我ㄨㄛˇ說ㄕㄨㄛ：
「怎ㄗㄣˇ樣ㄧㄤˋ，誰ㄕㄟˊ比ㄅㄧˇ較ㄐㄧㄠˋ厲ㄌㄧˋ害ㄏㄞˋ啊ㄚ？」

看吧，撒謊很有趣，永遠不會……

他就在我背後，是吧？

狐<ruby>ㄏㄨ<rt>ㄨ</rt></ruby>狸<ruby>ㄌ一<rt></rt></ruby> ——！

你還在嗎？我錯了！

說謊的時候，
會發生可怕的事情。

從_{ㄘㄨㄥ}現_{ㄒㄧㄢ}在_{ㄗㄞ}開_{ㄎㄞ}始_ㄕ， 不_{ㄅㄨ}管_{ㄍㄨㄢ}怎_{ㄗㄣ}麼_{ㄇㄜ}樣_{ㄧㄤ}，
我_{ㄨㄛ}都_{ㄉㄡ}要_{ㄧㄠ}說_{ㄕㄨㄛ}實_ㄕ話_{ㄏㄨㄚ}，
句_{ㄐㄩ}句_{ㄐㄩ}實_ㄕ話_{ㄏㄨㄚ}， 絕_{ㄐㄩㄝ}無_ㄨ虛_{ㄒㄩ}假_{ㄐㄧㄚ}。

我ˇ有ˇ一ˋ兩ˇ項ˋ犯ˋ過ˋ的˙錯ˋ要ˋ更ˋ正ˋ……

有ㄧㄡˇ假ㄐㄧㄚˇ話ㄏㄨㄚˋ要ㄧㄠˋ收ㄕㄡ回ㄏㄨㄟˊ……

無尾熊
前方 10 公里

有ㄧㄡˇ迷ㄇㄧˊ思ㄙ要ㄧㄠˋ打ㄉㄚˇ破ㄆㄛˋ……

你ㄋㄧˇ看ㄎㄢˋ，是ㄕˋ地ㄉㄧˋ心ㄒㄧㄣ引ㄧㄣˇ力ㄌㄧˋ！

現在起，我能有多誠實，就要多誠實。只要說實話，就不會有人受傷。

我再也不要撒谎了。
大家會很讚賞的。

大家都到哪去了？

很高興你主動問起。
大家都躲在這裡面，
準備給你生日驚喜。

對啊，聽我的準沒錯，
誠實是上上策。

驚ㄐㄧㄥ喜ㄒㄧ？

大ㄉㄚ多ㄉㄨㄛ時ㄕˊ候ㄏㄡˋ啦ㄌㄚ。

獻給每個曾經撒過小謊、
說過普通謊言……
甚至撒過漫天大謊的人 XX

澳洲特有的琴鳥，雄鳥會模仿周遭環境裡的聲響，
好讓自己在雌性琴鳥面前顯得更具魅力，
發出的啼鳴越精巧，就顯得越英俊瀟灑。

文/蘿拉・邦廷　　圖/菲利普・邦廷
翻譯/謝靜雯
主編/胡琇雅
行銷企畫/倪瑞廷
美術編輯/許曦方
總編輯/梁芳春
董事長/趙政岷
出版者/時報文化出版企業股份有限公司
108019 台北市和平西路三段 240 號七樓　　發行專線/(02)2306-6842
讀者服務專線/0800-231-705、(02)2304-7103　　讀者服務傳真/(02)2304-6858
郵撥/1934-4724 時報文化出版公司
信箱/10899 臺北華江橋郵局第 99 信箱
統一編號/01405937
copyright © 2021 by China Times Publishing Company
時報悅讀網/www.readingtimes.com.tw
法律顧問/理律法律事務所
陳長文律師、李念祖律師
初版一刷/2021 年 07 月 09 日
初版三刷/2024 年 02 月 29 日
版權所有 翻印必究(若有破損，請寄回更換)
採環保大豆油墨印製

LIARBIRD

Text copyright © Laura Bunting, 2019.
Illustrations copyright © Philip Bunting, 2019.

First published by Omnibus Books, an imprint of Scholastic Australia Pty Limited, 2019 This edition arranged
with Scholastic Australia Pty Limited through Andrew Nurnberg Associates International Limited.

Laura Bunting asserts her moral rights as the author and the illustrator of this work.
Philip Bunting asserts his moral rights as the author and the illustrator of this work.

Complex Chinese edition copyright © 2021 by China Times Publishing Company All rights reserved.

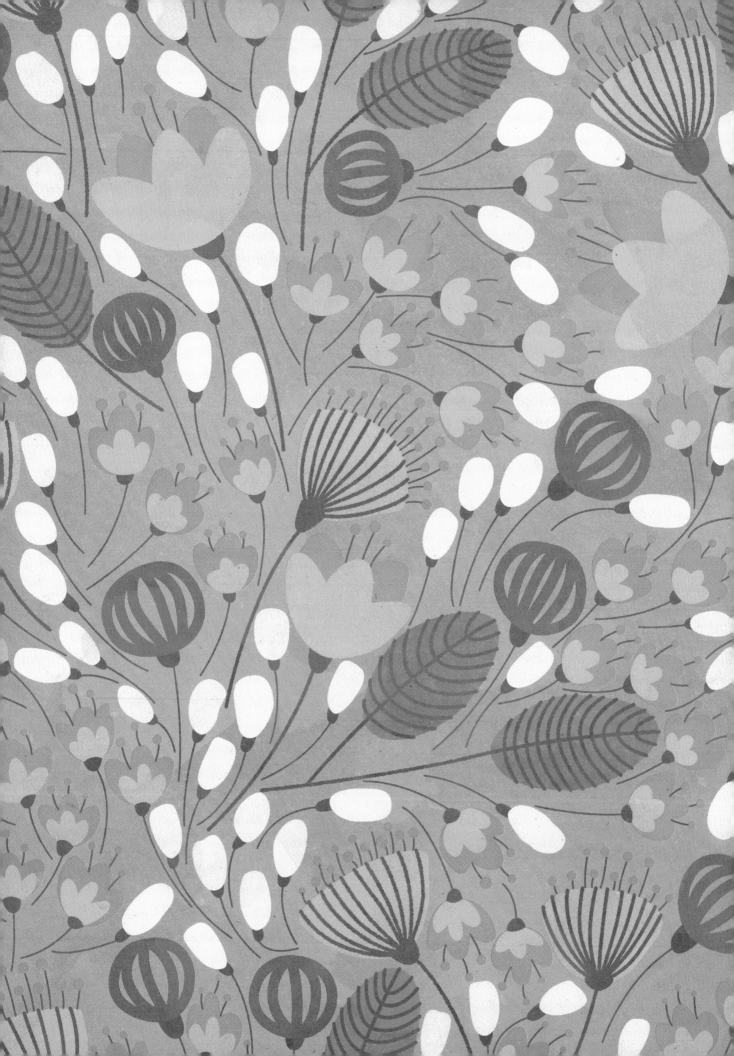